第四楽章

中嶋鬼谷句集

ふらんす堂

第四楽章＊目次

句集　第四楽章

首途

二〇一九年

季刊俳句同人誌「禾」創刊

青麦の禾やはらかき首途かな

末黒野に絶えし命の旋風立つ

ピースピースとカザルスの春の鳥

春雪の降りつぐ夜を眠りけり

涅槃西風砂より現るる鳥の骨

石室の白虎消えたり朧月

さざなみの入江の村へ春の旅

鳶一羽ふはりと浮かぶあたたかし

土雛にして切れ長の眼なりけり

沖遠く波立つ見ゆる雛祭

磁気嵐薇ほぐれそめにけり

葦牙にたぷんと水脈の名残かな

手に重き風呂敷包み啄木忌

呼ぶ声にかへりみすれば花辛夷

朝日さす段丘の町夏きたる

山毛欅若葉音なく風の渡りをり

滝口へ仰向けの川流れゆく

滝風に半身濡らし帰りけり

雨雲の山際明き植田かな

木の洞に大き目の鳥梅雨の月

長梅雨のあがりし森のにほひかな

町の音をりをり届く袋掛

何の怒り蹠に青き梅潰し

雨音の殻に安らぐかたつむり

馬場移公子《いくこ》

佳き人の息の短かき草笛よ

雷響や崖垂直に立ち上がる

川蜻蛉翅をたたみて消えにけり

片蔭の途切れ吾が影歩みをり

噴水の疲れし水の倒れけり

ブレスト・ストローク球形の星に棲み

辺野古を追はれ

儒艮死す花咲く海藻《あまも》夢に見て

黒南風や灯の強き船桟橋に

初秋の山の木の間を子どもたち

秋の沼しづけかりけり木々映し

送り火や僧と語りぬ困民史

後ろ来し足音消えて月夜かな

帰るには遠くへ来り鰯雲

山路暮れ遠稲妻にをののきぬ

川上を闇下りてくる魂祭

黙禱す遠く竹伐る音の中

温め酒言なごやかにとひかはし

水音に木槿開きぬしづかな朝

そぞろ寒柴火の崩れ立てなほし
山ひだに人住むあかり流れ星

熱籠る野鍛冶の家や天の川

車の灯遠く曲りぬ蟲時雨

一村に露置く夜となりにけり

遠汽笛夜明けの霧の青みたる

笛の音に小鳥来てゐる楢林

往還にあかりさす店今年酒

真葛原下れば古き湊町

秋の灯の岸辺の宿に泊りけり

高西風の岸にかひろぐ漁船
鳴り細る小船の汽笛冬霞

冬木の芽峡のたぎちを力とし

峡の道ここに岐るる雪螢

降りしきる落葉に立ちて歩まれず

一枝のしづり全山雪けむり

地の吐息凝りて立ちぬ霜柱

グラスの縁なづれば音や枯木星

湯の宿の暗き灯見ゆる枯峠
さむざむと煙出てゐる煙出し

輪光の中や消えゆく蒼鷹

木守柿天心深く晴れゐたり

家出でて還らぬ漢霜の橋

義人あり凍てし墓石に志士の文字

朝日射す冠雪の嶺黄金色
縄文の地層か太き崖氷柱

My Way口笛にして落葉焚

開戦日ゆでし卵に噎せにけり

山寺のよすぎの井戸や狐来る
吹雪く夜の胸白くして帰り来し

天狼に見つめられつつ老いにけり

銀河系のほとりおでんの薄あかり

崖

二〇二〇年

ロマン・ロランの小説

若き日読みし「クレランボー」を読初に

国深く病めりと記す初日記

コロナ禍

鳥帰る時疫に沈む都会見え

木になりて春の鳥どち宿したし

安曇野　八句

抱きあふ道祖神《くなど》傾ぎぬ斑雪村

「早春賦」の歌碑吹く風の光りけり

土手に吹くハモニカ聞こゆ木の芽風

遠山の嶺々に雲湧く鳥の恋

磔山の反り身の女冴返る

画架立てて何も描かざる雲雀かな

宿せむと訪へば灯に立つ影おぼろ

茅花抜きつつ安曇野を去りにけり

吹きとよむ大樹の梢春嵐

山桜夕日久しく射しゐたり

切株に赤錆の鎌夏きざす

ほどかれて力消えゆく茅巻紐

上越線高崎あたり麦の秋
アカシヤの花敷く道ぞゴッホ来よ

晶子忌の赤き苺が乳の中

樹《き》雨《さめ》降る木下道やうすみどり

踏まれをる邪鬼起ち上がる五月闇

梔子の白のきはまる薄暮かな

蟇去りしあたりしづくの如き闇

みほとけのうなだれて立つ白雨かな

群鳥のめくれ翔ちたる大南風

幕なして沖を雨くる夏料理

夕立の白き闇なす故郷かな

甲信へ道岐れゆく蟬時雨

八月や石垣りんの「崖」を読み

「焼き場に立つ少年」はだし長崎忌

遠巻きに祖霊輪をなす盆踊

天窓をシャガールの馬流れ星

貨車過ぎし鉄橋の熱星月夜

鳴き尽くしましたと落ちし秋の蟬

風の音ほろほろ零余子落つる音

糠雨に濡れ重りたる一葉落つ

カラヤンも虚子も嫌ひと南瓜割る

N氏

露の塔眩しからむに灯に浮かび

終電車あかりを消して月の駅

年輪に疲れし時間菌生え

朝日射す石灰《あく》山の崖霧に透き
みづうみの対岸灯る夜寒かな

橡の実の坊主可愛とてのひらに

坂鳥の峠に消ゆる朝の白湯

惜別や遠青空の澄みゐたり

メゾ・ソプラノ
霧深き夜はテレサ・ベルガンサなど聴いて

暖炉より根榾崩るる暗き音

小春日の村ある山を下りけり

達磨忌や筆の掠れを木に刻み

祝婚のともしび強き障子かな

磯松をこぼれては翔ちみそさざい

磐座に枯葉渦なす何か去り

高空の鷹を見てゐる漢かな

隠沼に焚火映れる露宿かな

雪運ぶ重さうな雲尾根の上

吹きすさぶ雪や岬に灯がひとつ

狐火と原子炉の火と人魂と

眉寒く銀河仰いでゐたりけり

たれか弾くピアノ止みけり夜の雪

極月の軋む母屋に眠りけり

うろくづの寄せ来る港年用意

荷籠どすんと安房の女衆《おんなし》春近し

夜の蟻

二〇二一年

手すさびに放てる独楽の澄みゐたり

雪掻きて摘みぬ幼き蕗の薹

水底に波紋春来る揺れながら
暮れぬ間のしばしを歩む木の芽かな

哀しみを忘れし詩人春の塵

春愁のいとまなき世や詩も細り

陽炎の芯に居ること知らざりき

東京に函の群れ立つ霞かな

春陰や宰相の額仮面めく

逃水や選良とふ語すでに死語

古き歌なべて哀しよ春の闇

きれぎれに巡礼の鈴黄沙降る

よこしぶく春の嵐の中を鳥

藁屋根の雨に重たき雛の家

激流の巌に咲きぬ花馬酔木

雨の樹のしづくしやまぬ穀雨かな

秩父の山里の段々畑に花の苗を植ゑて山に返し続けし媼あり。
人呼んで「ムツばあさん」といへり。

山畑を花に託して逝かれけり

帰郷すでに他郷への旅酸葉嚙み

燭の灯に犇めく闇や夏きたる

鬱然と茂れる杜や一揆の碑

外つ国の止まざる戦火更衣

咲き残る朴の一樹のかをりたつ

頸立てて雄鶏走る驟雨かな

夕さりの高くまぶしき雲の峰

梅雨寒の溶接の火に影浮かび

夜の蟻影曳き去りぬ楸邨忌

苔の花道に疲れし人の墓

汚職・邪宗・病む国に立つ黴煙

希望あれ虹の彼方の青空よ
秋立ちぬ峡の荒石雨に濡れ

椋鳥の群風にふくらみ渡りけり

さはさはと廃屋覆ふ蔦紅葉

湖沼学者胸に萍紅葉つけ
あがりくる雨の明るき竹の春

法師蟬鳴きやみひと日暮れにけり

長き夜の振りし土鈴に土の音

秋霖の苔の香満つる山毛欅林

トゥオネラ《シベリウス》の白鳥のこゑ月の湖

十六夜の月の入り江の鱗《こけ》小《さ》波《なみ》

群羊の霧の中より現れし

真葛原けむりのごとく村消えぬ

秩父路

道の辺に蕉翁の句碑草の花

翅音止み蜻蛉とまりぬ帽の上

霧時雨歩み来し道消えてをり

すさぶ世の影の行き交ふ秋の暮

山茶花の触れむとするや零れけり

小夜時雨木霊も濡れて帰りしか

綿虫や日に一便のバスがゆく

今生を四角の部屋に住み寒し

震へつつプレート沈む海に雪

砂籠るハングルの文字寒い海

人の世に地獄あまたや近松忌

西行に「凄き」の語あり冬の雷

虚子といふ安全地帯に炬燵猫

強霜の詠み人知らぬ碑を愛す

霜煙のぼる曠野へ朝の道

木菟啼くや闇がふくらみまた縮み

旅はるか潮吹く魚来る浦も

亡父思へば

凍道の荷車のごと生きたまふ

姥ひとり棲む一本の葱を焼き

凍滝に水音籠る別れかな

両神山

吹越の鬣《たてがみ》なせる神の山

叛骨

二〇二二年

C・モルガン『人間のしるし』

行路定めし青春の書を読初に

繭玉に小鳥のかたち誰が形見

しづけさや羊歯の羽《はね》葉《は》のゆれやまず

ぼたん雪家郷への道闇に浮き

灯を消しぬ欅の芽吹き思ひつつ

茅花抜くかがやかに湖ひろがりぬ

みづうみの島に灯ともる春祭
燕飛ぶ水の照り映え胸にうけ

春雪の降り止みし空暮れなづむ
裏山を風おろしくる春障子

山小屋に遠来し友と木の実植う

何忘れしか春泥を戻り来る

行き暮れの斑雪に残る夕あかり

空狭き谷の村なり雛流す

春の川何見るとなくたたずみぬ

日本文学報国会への参加を拒否せし文人あり

叛骨の日乗重き荷風の忌

巣立ちたる巣箱の穴か風に鳴る

春の旅終ふ湖に手を洗ひ

朝日射す落葉松若葉燦々と
蕗の葉をたたきて山の雨きたる

峠くだれば麦秋の見知らぬ村

梅雨雲の山の向うを貨車の音

夏野原光りて風の立ちにけり

石に坐す予後の疲れや夏木立

梅雨出水赤し故山の土の色

涼風や仔牛ながらに旋毛持ち

旱星にぶき音する風の上

糠蚊立つ伝説の川堀と化し

遠き戦火累々灼けし河原石

あをあをと雨が降るなり落し文

山繭を口にふくみてほぐしけり

潮焼の朝の海ゆく夏の旅

沖に立つ雨の柱や砂日傘

鋪石に朝顔一輪「お早う」

地下鉄の底籠る音消えて秋

ほろほろと稜線さやに稲光

草の実の夕づく道を歩みをり

行きばての困民の墓赤のまま

颱風来道に旋風の土煙

行く友に長く手を振り秋の蝉

泣きやみて爪紅の種飛ばす子よ

風紋の苫屋におよび浜の秋

満月のみづうみ澄みてゆく頃か
朝霧の鳥啼く宿に目覚めけり

吊橋のしづくなす見ゆ秋時雨

行きとほる村のさびしき秋祭

山繭の殻に穴見ゆ秋の風

硫気噴く荒山の空鷹流れ

叛骨の詩人吹かれ来北颪

反故焚きぬ冬の大三角形の下

友逝く　二句

魂呼の声か枯木の鳴る音か

これは何それ喉佛霜のこゑ

霜凪の墓山あたり鳥の舞ふ

冬草のものげなき花いとしみぬ

吹き去りし風や遠くの木のしづる
山に雪風の鳴る音虚空より

彫りし木の屑それぞれに寒き影
うすれゆく炭火の赤を吹き熾す

まつろはず生きぬ白息太く吐き

風花と誰かが言ひてみな急ぐ

切り岸を跳んで生絹《すずし》の雪女

枯葎見るべきほどのこと未だ

夢二の女

二〇二三年

雪焼の阿弓流為立ちぬ夢初

鬼房忌凍れる馬車の遠離る

うすらひの消えゆく淵の碧さかな

爛々と林の奥を春没日

山茱萸の花に雨降る家郷かな

廃業の牛舎の庭を春埃

灯明に木霊ひしめく春祭

初燕川が流れて夜が明けて

北窓を開くや届く川明り

牡丹雪巡礼の笠浮かび来し

舟の櫓のをりをり光る霞かな

けぶりつつ浦波寄する若布刈

海鳴の音の中なる白子干

入港の白き船見ゆ桃の花

海からの雨に濡れゐる春の馬

菜の花の沖や灯ともす船のゆく

抜け道を少年走る竹の秋

桜蘂降る足早に季過ぎゆきぬ

うつくしき黒髪の雛流れゆく
おぼろ夜の扉開くや詩の国

第四楽章の余韻や夜の花吹雪

源流は細きしたたり閑古鳥

麦笛に夕日揺れつつ暮れにけり

しろがねの茅花流しに吹かれをり

老木と新樹語らふ星あかり

ひとすぢの光芒のなか竹落葉

立ちつくす灯台白き沖縄忌

峰雲の底の暗さを艦のゆく

画家K氏

車椅子の友や涼しき風描く

迅雷や壁にピカソの「泣く女」

せつせつと鎌研ぐ漢朝曇

山風に真夜の矢車鳴りゐたり

放浪の詩人絶えたり檜笠

川中を舟流れゆく大西日

麦熟るる頃ふるさとを捨てにけり

路上ライブの濡れて唄ひぬ戻り梅雨

かきあぐる手櫛の指も夜の秋

多佳子忌の綾にほぐれし栞紐

かの国《ウクライナ》の向日葵畑焼かれしか

手花火の家族ある時しづかなり

土用波見て来しその夜深眠

影ひとつ吹きまぎれゆく野分かな

行き細る一本の道秋の風

ぢと鳴いて夜の灯に来し秋の蟬

若き眉の遺影に対す敗戦忌

ひたひたと戦前の闇鉦叩

山毛欅山に木霊鎮もる寒露かな

手摺なき橋に出でけり風祭

青北風やくるぶしを砂流れゆく

箸置いて聴く螻蛄なく声か耳鳴か

風の夜の栗落つる音峡の音

小流のけふ音立てて秋黴雨

ゆく水のにはかに速し崩れ簗

露時雨岩に消えゆく磨崖佛

夕晴の藁のかをりや蛇笏の忌

秋沈々林の中をゆく径も

犯罪多発の国とはなりぬ

国病むと人心も荒れ一遍忌

吾は

六〇年安保世代の破案山子

考へてをれば熟柿の落ちにけり

瀬にもまれ流れゆく藁冬来る

朽野の鉄路の錆のにほひかな

鼬らし隣家の鶏舎騒然と

凩や父の禿筆竹筒に

釜揚げうどんの湯気の向うにいつも母

狼祀る一峰暗き片時雨

ふるさとの眠れる山を去りにけり

足音の水涸の橋渡りゆく

ヤングケアラーの少年急ぐ北風の中

狐火のひとつは兵役忌避の彼

冬眠の森へ行く径月の下

木の洞にももんがの棲む古屋敷

竹林の雪折の音闇を抜け

もののけか冬三日月に笛吹くは
ブロッコリーの不思議の森を歩みたし

侘助やふつと夢二の女立つ

あとがき

私の青春時代は社会が「六〇年安保闘争」の渦中にあり、秩父の寒村から都会にやってきた私は、別世界とも言うべき喧噪の現実に遭遇することになった。やがて学生寮の友人に誘われて国会周辺のデモに参加するようになり、次第に政治問題に関心を持つようになっていった。

当時、私はフランス文学、特にロマン・ロランやクロード・モルガンの小説に読みふけっており、平凡な一市民を主人公とする小説の中の次の一行の文章に出会った。

彼は政治に介入しなかった。政治の方がやってきて彼に介入した。

まるで私のことを言っているような一文であった。「六〇年安保闘争」の時代は、まさにそういう時代であった。

以来、私は「六〇年安保世代」を標榜し、八十五歳になる今日まで、権勢におもねるような生き方はしてこなかったつもりである。

俳句の世界は概ね平和であり、この国の社会や世界で何が起ころうが関わりを持たないことを俳人の「心得」とするような風潮がある。しかし、そうした「心得」を持った俳人達が、先の大戦中には、最も思想的で最も政治的な「日本文学報国会」に雪崩れをうって参加していったのであった。

今日の私たちを取り巻く社会の現実は、否応なしに「政治の方がやってきて」個人に介入する。そうした現実の中にあって、人間が人間らしく生きることを願い俳句に詠むことは特別のことではなく極めて自然な創作行為であろう。

私は加藤楸邨師に俳句を学んだ。師の「寒雷」は「有季定型」であり、私の俳句もそのことを踏まえている。一方、楸邨師の批評精神、叛骨精神にも深く学んできたつもりである。

句集名は、

第四楽章の余韻や夜の花吹雪

からとった。

この数年の間に、親しい友人たちがこの世を去って行った。

私もこの三年ほどの間に冠動脈バイパス、腹部動脈瘤の手術を受けた。人生を四楽章の交響曲に喩えるならば、いよいよ第四楽章に入っている。

入院中は俳句の仲間達や知友の励ましを受け、生きる希望を頂いた。

句集上梓に当たっては山岡喜美子さんの懇切なご指摘を頂いた。

句集の栞、帯文、十二句抄出を私が深く信頼する山下知津子さんにお願いした。

お世話になった友人諸賢に、こころより御礼申し上げる次第である。

二〇二四年　春

中嶋鬼谷

著者略歴

中嶋鬼谷（なかじま・きこく）

1939年4月22日　埼玉県秩父郡小鹿野町生まれ。

加藤楸邨に俳句を学ぶ。「寒雷」暖響会員（同人）。

1993年7月3日、楸邨師逝去。翌年、「寒雷」退会。

2019年、季刊俳句同人誌「禾」を折井紀衣、川口真理と共に創刊。のち、藤田真一参加、現在に至る。

句集『雁坂』（蝸牛社）、『無著』（邑書林）、『茫々』（深夜叢書社）
評論『乾坤有情』（深夜叢書社）
評伝『加藤楸邨』（蝸牛社）、『井上伝蔵　秩父事件と俳句』（邑書林）、『井上伝蔵とその時代』（埼玉新聞社）、『峡に忍ぶ　秩父の女流俳人　馬場移公子』（序文・金子兜太、跋文・黒田杏子、藤原書店）
俳諧集『弘化三年刊　そのにほひ』翻刻・解説（私家版）

現住所　〒160-0011　東京都新宿区若葉1-2-3

句集　第四楽章　だいよんがくしょう
二〇二四年二月二二日　初版発行
著　者――中嶋鬼谷
発行人――山岡喜美子
発行所――ふらんす堂
〒182-0002　東京都調布市仙川町一―一五―三八―二F
電　話――〇三（三三二六）九〇六一　FAX〇三（三三二六）六九一九
ホームページ　https://furansudo.com/　E-mail　info@furansudo.com
振　替――〇〇一七〇―一―一八四一七三
装　丁――君嶋真理子
印刷所――日本ハイコム㈱
製本所――㈱松　岳　社
定　価――本体二八〇〇円＋税
ISBN978-4-7814-1622-9　C0092　¥2800E